검은 앵무새를 찾습니다

시인의일요일시집 **006**

검은 앵무새를 찾습니다

1판 1쇄 펴냄 2022년 6월 20일
1판 2쇄 펴냄 2023년 9월 1일

지 은 이 임경묵
펴 낸 이 김경희
펴 낸 곳 시인의일요일

표지·본문디자인 노블애드
경 영 지 원 양정열

출판등록 제2021-000085호
주   소 경기도 용인시 기흥구 연원로42번길 2
전   화 031-890-2004
팩   스 031-890-2005
전자우편 sundaypoet@naver.com
블 로 그 https://blog.naver.com/sundaypoet

ISBN 979-11-975090-6-3 (03810)

값 10,000원

* 이 도서는 한국출판문화산업진흥원의 '2022년 우수출판콘텐츠 제작 지원' 사업 선정작입니다.

검은 앵무새를 찾습니다

임경묵 시집

당신은 검은 앵무새입니까?

| 차 례 |

1부

2부

3부

4부

1부

꽃피는 스티로폼

봄바람은 불고
벚꽃은 흩날리고
스티로폼 조각은 골목을 굴러간다
피자 배달 오토바이가
스티로폼 조각을 툭 치고
골목 속으로 사라진다
떨어져 나간 스티로폼 한 귀퉁이가
골목을 굴러간다
한 귀퉁이가 떨어져 나간 스티로폼 조각도
핑그르르 돌다가
다시 골목을 굴러간다

피자 배달을 마치고 골목을 나오던 오토바이가
한 귀퉁이가 떨어져 나간 스티로폼 조각을
정면으로 밟고 지나간다
스티로폼이 파삭 부서진다
그 속에서
스티로폼 흰 알갱이들이 무수히 태어난다

골목을 빠져나가는 오토바이 뒤를
좋다고 따라가는
흰 알갱이들……

봄바람은 불고
벚꽃은 흩날리고
스티로폼 흰 알갱이들이
일제히 과속방지턱을 뛰어넘어
골목 밖으로 굴러간다.

새들의 나라

새들이 다스리는 나라*가 있었네
그때는 총칼도 탱크도 전투기도 미사일도 핵무기도 몰랐고
정부도 국경도 난민도 없었지
두 개의 해가 열흘 넘도록 지지 않아
어둠조차 붉게 타올라도
막막하지 않았네
태곳적 발음으로 주문을 외고
꽃을 뿌리면
꽃은 새처럼 화르르 하늘로 날아올라
해는 예전으로 돌아왔네
나무 위
바람 속
새를 부르면
비바람은 그치고
번개는 비껴가고
천둥이 우르릉 꽝꽝 쳐대도 두렵지 않았지

그때는

그랬지

시장이 반찬이고
어머니가 해 주는 밥이 가장 맛있는 밥이었던
그 옛날 서식지가 발굴될 수 있다면
어머니가
새보다 먼저 일어나
새보다 높이
새보다 멀리
먹이를 찾아 하루를 비비쫑 비비쫑 날아다니다가
새가 잠들면
그때서야 돌아와
고단한 날개를 접고 우리 곁에 잔불처럼 잠들었다는 것을
낱낱이 보여 줄 수 있을 텐데

그때는
어머니가 한 마리 새였다는 것을.

* "우리 고조(高祖) 소호지(少皞摯)는 즉위할 때 鳳鳥(봉조)가 마침 이르렀으므로 조(鳥)로서 일을 기록하고 백관(百官)의 사장(師長)을 모두 조(鳥)로 명명(命名)하였으니……."

— 『춘추좌씨전』 소공 17년, 봄

죽은 금붕어

죽은 금붕어를 맨드라미 아래 묻는다 죽은 금붕어를 장미 아래 묻는다 죽은 금붕어를 칸나 아래 묻는다

어머니,
봐 봐요
이런다고 꽃들이 붉어지겠어요
어항에 금붕어가 하나도 남아나질 않겠어요

내 얘기는 아무리 생각해도
이치에 맞는 얘긴데
죽은 금붕어를 화단에 묻는 어머니 눈시울이 붉어진다

금붕어를 화단에 묻는다고
꽃들이 서둘러 빨강을 계획하지는 않겠지만
죽은 금붕어는 자꾸 모자라고
죽은 금붕어는 자꾸 생겨난다

어머니,

봐 봐요
금붕어는 죽어서도 저렇게 무책임하다니까요
꽃은 나 몰라라
배만 허옇게 드러내 놓고……

쉿,
지금은 플라스틱 조가비들이
텅 빈 어항에 앉아
정교하게
공명통을 조율할 시간.

검은 개의 기분

새로 만들어진 바닷가 산책로에
검은 개가 앉아 있다
늙은 여자는 벤치에 다리를 꼬고 앉아 휴대전화로 누군가와
통화를 하며 한 손으로 개 목줄을 만지작거린다
가끔 개 이마를 사랑스럽게 쓰다듬는다
검은 개는
움치고 앉아
꼬리를 늘어뜨리고 갯벌을 바라본다
썰물 지자 갯벌에 살이 붙는다
검은 개로 태어나서
자기보다 더 검고 더 거대한 것은 처음 본다는 듯
자기보다 더 검고 더 거대한 게 물끄러미 자기를 바라보는 건
생전 처음이라는 듯
검은 개가
갑자기 벌떡 일어나 갯벌을 향해
컹컹 짖는다
혓바닥을 길게 빼물고 침을 질질 흘린다
어땠을까

검은 개의 기분은,
늙은 여자는 개 목줄을 바투 쥐고 아직 교양 있게 통화 중인데
어땠을까
목줄에 묶인 채
맨발로 서서
파도의 잔해가 주름마다 먹먹한 갯벌을 바라보는
검은 개의 기분은.

죽은 두꺼비

봄밤을 가로막고 서성이다가
도서관에서 나오는 그녀 앞에 불쑥 나타나
좋아한다고 고백했더니
화들짝 놀란 그녀
나더러 도깨비 같다고,
창피해서 이제 학교를 어떻게 다니냐고
울고불고 야단 피우며
도로 도서관으로 들어가 버렸고요
나는 망연자실하여
흩날리는 벚꽃도 뿌리치며
강둑길을 하염없이 걸었는데요
나는 도깨비다
그녀가 좋아하는 제비꽃도 아니고, 그녀가 좋아하는 부여 사
람 신동엽도 아니고, 그녀가 좋아하는 파랑새도 아니고
도깨비인 것이다
이 봄밤에 하필 나는 흉측한 도깨비로 생겨난 것이냐
자조하며 걸었는데요
한 발을 내밀면

그 뒤를
다른 발이 질질 끌려가듯 걸었는데요
두꺼비는 제비꽃 더미 속에 웅크리고 있었고요
그래, 도깨비는
두꺼비를 먹으면 죽는다지
나, 저 울퉁불퉁 거뭇거뭇한 두꺼비를 잡아먹고
제비꽃 옆에 누워
강물에 어룽대는 달빛 바라보며 가물가물하다가 죽어 버릴까
문득 이런 생각이 들어
두꺼비를 툭 건드려 본 건데요…….

회전 놀이기구

시궁쥐 같고, 좀비 같고, 매운 분말수프 같은 아이들이 각다
귀처럼 몰려와
　뺑뺑이를 힘껏 돌려놓고(자기들이 탈 것도 아니면서)
　낄낄거리며 놀이터를 빠져나간다

　뺑뺑이 속에 한 소년이 있다
　뺑뺑이는 원래 여럿이 눈을 맞추며 강강술래 하듯 돌면서 회전
을 따라가다가 속도가 붙었을 때 동시에 올라타야 맛인데
　회전의 꼬리를 콱 밟아 속도를 멈추지도 못하고
　한 소년이 돌고
　한 소년의 울음이 돌고 있다

　눈 꼭 감고 움직이지 말라고
　악다구니를 놀리는
　회전 속에
　소년이 뺑뺑이 기둥을 두 팔로 꼭 끌어안고 울고 있다
　멈춰 달라고 애원해도
　뺑뺑이는 돌고

소년은 울고 있다

뺑뺑이가 멈추자
소년과 소년의 울음이 그 속에서 기어 나와
옷소매로 울음을 훔치고
주위를 살피며
한 손으로 뺑뺑이 난간을 붙잡고
달린다, 달린다
속도가 웬만큼 붙었을 때 회전 속으로 훌쩍 뛰어 들어가 비로
소 뺑뺑이와 한 몸이 된다

소년과
소년의 울음을 망치지 않도록
천천히,
뺑뺑이가 돌고 있다.

해녀의 노래

나는 미역보다 쬐그만 여자니까

미역을 따야겠네

미역을 따는 것도 여자의 일, 미역을 따지 않는 것도 여자의 일이니까

미역을 따야겠네

미역귀처럼 꼬들꼬들한 귀를 가진 당신은

바닷가에 팔베개하고 누워

저물도록

파랑波浪을 듣고

나는 미역보다 쬐그만 여자니까

미역을 따야겠네

미역보다 긴 머리칼, 반짝이는 은물결 전라全裸를 가진 푸른 바다 인어의 전설일랑 이젠 잊기로 해요

물질은 내가 할 테니

당신일랑 당최

파란만장의 바다에 한 발자국도 들일 생각 말아요

당신을 위해

세상의 꽃을 다 딸 수 없으니 미끄덩미끄덩 미역을 따야겠네

나는 미역보다 쬐그만 여자니까
저물도록
미역을 따야겠네.

콩나물 의무 자조금

1일, 11일, 21일에 노란 콩은 발아하고

단칸방 윗목에
과두문자처럼 대가리만 우글거리는
생활난

흔들어도 흔들리지 않는
밀폐
밀집
밀접

한밤중 아버지 잠꼬대 소리는
육두문자 같았지

요강에 앉아 오줌을 누던 어머니가
입 벌린 콩나물시루에 찬물 한 바가지 훅 끼얹는다

철철철 물 흐르는 소리……

어머니,
이젠 콩나물이 지긋지긋해요

9일, 19일, 29일에 콩나물 소비는 촉진된다.

오늘의 반찬

어제 먹던 반찬은 오늘의 반찬이 되고
오늘의 반찬으로
내일의 반찬은 예고됩니다
반찬이 떨어지면
맨밥을 먹다가
칵 목이 멜 수도 있다고
어머니는 한밤중에도 불쑥 전화를 걸어
내일의 반찬을 걱정합니다
어제의 반찬은
밥 잘 먹는 애인과 먹어도, 키스 잘해 주는 애인과 먹어도
줄지 않았는데
어머니의 반찬은
오늘도 우체국 택배로 고시원에 도착했습니다
밤늦도록 밀린 게임을 하면서도
어머니의 반찬을 먹었지만
어제의 반찬은
부패했고
오늘의 반찬은

부족하고
내일의 반찬은
넘쳐납니다
하루라도 반찬을 먹지 않으면
어머니의 심장이 멈출 수도 있습니다.

동백젓

산 채로 버젓이 염장 당했으니
비릿한 군내가 동백의 시취屍臭는 아닐 테지
이 바닥에서
곱게 죽었다는
사분오열되지 않고 몸매 그대로 유지했다는 것
잘 익었다는
빛깔 곱게 삭았다는 말인데
하필 동백꽃 활짝 필 때 염장 당한
새우여,

겨울 바다를 명랑하게 뛰놀던 몸짓과 빛깔 그대로
그때 그 기분
그때 그 느낌
그대로
썩지 않고 남고 싶다는 새우의 바람이
저 동백젓 속에 들어 있겠다

붉은 다라이마다

고봉처럼 쌓아 올린 젓갈 더미 속
갓 피어난 동백을 불러 본다

아줌마, 여기 동백 있어요?

검은 앵무새

검은 앵무새를 찾습니다.

노랑뺨초록앵무, 붉은귀앵무, 풀빛허리앵무, 푸른부채꼬리앵무, 검은부리오색앵무, 레인보우앵무, 잿빛목도리앵무, 청머리붉은날개앵무, 긴꼬리파랑가슴앵무도 있습니다만……

검은 앵무새를 찾습니다.

검은 앵무새의 섬에 가려면 발로 노 젓는 사람을 만나야 합니다. 바다 날씨라는 게 워낙 종잡을 수가 없어서요. 무엇보다 꼼꼼히 바다를 저을 줄 아는 사람이 필요합니다.

검은 앵무새를 찾습니다.

발로 노 젓는 사람을 만나려면 손으로 노 젓는 사람 배를 타야 합니다. 발로 노 젓는 사람은 적도의 상어에게 두 팔을 주고부터 검은 앵무새가 그의 어깨에 앉기 시작했다는 설이 있구요.

검은 앵무새를 찾습니다.

발로 노 젓는 사람과 손으로 노 젓는 사람은 은폐술이 뛰어나 평소에는 보일 듯 보이지 않죠. 손으로 노 젓는 사람만이 발로 노 젓는 사람을 부를 수 있습니다.

당신은 검은 앵무새입니까?

* 인도양 세이셸 군도의 프랄린(praslin island)에 검은 앵무새의 서식지가 있다.

그 섬*

오리는 개들의 습격을 받아
목이 부러진 채 버드나무 아래에서 발견되었다
함께 어울리던 수탉과 암탉 뜸부기
어둠 속에서 호시탐탐 그들을 노리던 족제비조차
오리가 살던 버드나무를 맴돌며
슬픔을 감추지 못했다
폭풍에 떠밀려
그 섬으로 날아온 것으로 추정되는 오리는
그 섬의 유일한 오리였다
주민들은
누군가에게 그 섬의 길을 알려 줄 때
오리를 지나서
오른쪽으로 가라
오리가 사는 버드나무 아래로부터 얼마만큼 떨어졌다는 식으
로 말했다
그가 그 섬의 유일한 오리였기 때문에
가능한 일이었다
그 섬에 하나뿐인 오리가 죽었으므로

그 섬은,
모가지 잔뜩 움츠리고
스스로 한 마리 오리가 되기로 했다
세계의 모든 바다에는
그 섬이 있고
오리가 있고
오리가 사는 버드나무가 있고
수탉과 암탉과 뜸부기와 족제비가 있고
개들이 있다.

* BBC News(2019. 1. 28.) '세상에서 가장 외로운 오리······' 기사 변주

과果를 새기다

회센터 공동화장실에서 볼일을 보다가 휴지통 옆에서 목판에 새기다 만 果 글자를 보았다. 果는 골이 깊을수록 선명하게 드러나 있었다. 군데군데 환부처럼 박힌 옹이에는 끝없는 번뇌가 흐르고……. 한때 果의 우주였을, 폭죽처럼 꽃을 터트리기도 했을 목판에 果 하나가 예서체로 익어 가고 있었다.

누굴까,
누가, 죽은 나무에 향기로운 果를 돌보고 있었던 것일까?

똑— 똑—, 똑똑똑, 다급한 노크 소리에 괄약근을 더럭 놓아 버렸다. 붉고 단단한 果가 변기 바닥을 친다. 천장에서 떨어진 물방울이 등짝을 후려친다. 물의 果다.

나는 정말 어머니가 세상에 새기려고 했던 果였을까?

물 내림 버튼을 누르자
변기가 오래 참았던 울음을 한꺼번에 터트렸다.

저어……

아— 정말 미치겠네.

빨리 좀 나와 주실래요, 제가요…… 시방 무자게 급해서요.

아직,

멀. 었. 을. 까. 요.

果를 새기던 그 사람일까?

저녁의 태도

섬섬한 애인 무릎에 저녁이 앉아 있다

한번 만져 봐도 돼?

눈 감고 가만히 저녁을 만져 본다

새벽이 올 때까지
애인 무릎에 앉아 있겠다는 저녁의 태도는
언제나 옳다
어둠은 수위를 높이고
골목으로,
골목으로 흘러가고
숲으로 돌아가던 새들은
투명한 방음벽에 부딪혀
저녁의 이마를 핏빛으로 물들이네

만난 지 한 시간도 안 됐는데 무릎부터 만지는 애는 네가 처음
이야, 나를 정말 사랑하기는 하는 거니?

바람이 분다
이팝나무 가로수가 탬버린처럼 흔들린다
골목마다 사용할
하루치 어둠을 나눠 주고
피곤한 듯
애인의 무릎에 저녁이 앉아 있다.

저 백만 개 목련 꽃눈 좀 봐요

맞아요, 맞대요, 천리포수목원에서 방금 연락 왔는데, 요게, 요 예쁜 게, 자생 목련이 맞대요, 백 년이나 된 자생 목련은 수목원에서도 본 적이 없대요, 아주 귀한 거래요, 목련을 살리자고 이 자리에 오신 분 중에, 시인님은 지금부터 목련을 찬양하는 연작시를, 소설가님은 목련만 알고 있는 비밀스러운 사랑 이야기를 써 주세요, 사진작가님은 빌라 한 동을 통째로 덮고 있는 목련 우듬지를 집중적으로 찍어 주시고요, 기자님은 목련 살리기 범시민 행동 요령을 신문 헤드라인에 실어 주세요, 교감 선생님은 이 목련만은 꼭 살려야 한다고 학생들에게 릴레이 서명을 받아 주시고요, 신부님은 목련 나무 종교로 개종을 서둘러 주세요, 시의회 의장님은 우리 마을 목련을 보호수로 지정하자고 긴급회의를 소집해 주시고요, 노인회장님은 꺼져 가는 목련 심장을 아침저녁으로 다독여 주세요, 참참 시장님은 이 사실을 알고 계실까요, 혹시 목련 아래가 고향인 분 계신가요, 시방 백 년 넘게 여기에 뿌리를 내리고 당신들의 고향을 지켜 온 목련이 새봄이 오기도 전에 온데간데없이 사라질 수도 있다는데, 다들 어디 계신 거죠, 재개발지구 기울어진 담벼락에 기대어 눈물 글썽이는 저 백만 개 목련 꽃눈 좀 봐요.

2부

고등어구이

반으로 갈라 소금에 절여 놓은 고등어를
팬에 굽는다
데칼코마니 같다
고등어 등에서 푸른 바다가 슬그머니 빠져나와
팬에 지글거린다
기름을 두르지 않았는데도
알맞게 소란하다
혼자 먹어도 좋고
함께 먹어도 좋은,

젊은 날의 어머니는
대설주의보 내린 그해 겨울 아침
아궁이 앞에 쪼그려 앉아
오늘처럼 고등어를 굽고 있었어요
이건 그냥 물어보는 건데
그때 왜 어머니는
푸른 고등어가 새까맣게 타는 줄도 모르고
얼굴을 파묻고

울기만 했어요?

비릿한 탄내가 어머니의 부엌에 가득하다
가족이라는 그물에 걸려
일생을 퍼덕거리다가
비밀스러운 샘물이 다 말라 버리고
푸른 등이
새까맣게 타 버린 어머니를
젓가락으로 가르고, 뒤집고, 가시를 발라
그중 노릇노릇 구워진
슬픔 한 점
꺼내 먹는다
혼자 먹어도 좋고
함께 먹어도 좋은.

개그맨 1

   119 구급대가 옥탑방에 도착했을 때 개그맨의 웃음은 경직이 진행되고 있었다. 침대에서 발견된 낡은 수첩에는 그가 심장에 장착하려던 웃음 목록들이 빼곡히 적혀 있었다.

   겉은 바삭하고 속은 촉촉한 웃음, 저자극성 웃음, 첫출발이 불안한 웃음, 초대받지 못한 웃음, 앞니 두 개가 쏙 빠진 웃음, 귀가 얇은 웃음, 속눈썹이 긴 웃음, 위급할 때 짠 하고 나타나는 웃음, 투철한 직업의식을 가진 독재자의 웃음, 인체공학적 웃음, 무중력 웃음, 가장자리가 어슴푸레한 웃음, 벼룩의 낯짝 같은 웃음, 쥐꼬리만 한 웃음, 늘 수면 부족에 시달리는 웃음, 끓는 물에 살짝 데친 웃음, 딱 한번 웃기고 폭삭 늙어 버린 웃음, 격자무늬 패턴을 가진 웃음, 중요할 때 꼭 딸꾹질해 대는 웃음, 볼 빨간 사춘기 웃음, 유통기한이 지난 웃음, 살균 효과가 있는 웃음, 비밀리에 웃음 치료를 받은 적 있는 웃음, 슬픔과 기쁨의 이종교배로 태어난 웃음……

개그맨 2

저 오늘 떠납니다. 더는 사람들을 못 웃기겠어요. 공원 광장에서 미숫가루를 뒤집어쓰고 가슴을 팡팡 치면서 헐크 흉내를 내보기도 했고, 전철 안에서 1.5리터짜리 콜라를 단숨에 마시고 트림을 꾹 참아도 봤는데, 사람들이 안 웃어요. 근사한 개그를 발명해도 반응이 싸늘해요. 웃음보가 터지려는 순간, 그때가 바로 개그의 정점인데, 이쯤에서 한번쯤 목젖이 시원하게 보이게 웃어줘야 하는데, 다들 저를 안타깝게만 생각해요. 로데오 거리 한복판에서 뜨거운 촛농을 한 손으로 받으며 정지화면처럼 서 있어도 (제가 뜨거운 걸 이렇게 참아 냈지만……), 어디 가서 한 푼이라도 벌어야지, 젊은 사람이 길에서 이러지 말래요. 고통을 참는 건 개그가 아니래요. 빨리 병원이나 가 보래요. 단식투쟁한다고 아침 건너뛰고 늦은 점심을 먹는 공화국 국회의원처럼 밥을 먹어 봐도 저한테는 사람들이 웃어 주질 않아요. 여보세요, 듣고 있어요? 사람 말이 우스워요? 사람 말이 우습냐구요? 사람이 말하는데 왜 자꾸 피식피식 웃어요?

봄 3

흰뺨검둥오리 한 마리가

저수지 지퍼를 열고 물의 중심으로 나아간다

주위를 살피며 가끔 자맥질을 한다

주홍빛 발가락이

보였다 사라졌다 한다

저 아래

수궁水宮이 있겠다.

봄 4

어둑발 서둘러 내려와
대흥사 동백은 차마 못 보고
김종삼 음악제가 열린다는 일지암까지
물어물어 찾아갔다가
짐승처럼 웅크리고 앉아 먼바다를 바라보며 눈보라를 맞고 있는
검은 능선들을 보았다.

폐가의 자세

잡풀 우북한 대문에 누룩뱀이 똬리를 틀고 있다
마당은 풋콩처럼 불안하다
초록의 사마귀가
섬돌에 앉아
발음기호만 남은 처마를 올려보다가 담장 너머로 천천히 날아
간다
종일 빈방에
버려진 납 활자처럼 누워 있던 폐병쟁이 어둠이
무연히
마당의 적막을 엿듣다가
또,
밭은기침을 한다.

제비꽃과 내 그림자

달빛이나 쬐어 주려고 데리고 나온 내 그림자가
우체통 옆 제비꽃에 귓속말을 건넵니다

제비꽃은
사는 곳이 열 군데도 넘는다지
그린빌라 101동 화단, 천냥 국숫집 문 앞, 낙원교회 담벼락, 주
인아줌마가 폭 쏟아 버린 화분 흙 속, 등산로 입구 풀벌레 울음
소리 옆,

그리고 내 옥탑방 오르는 두 번째 계단……

그중 대부분은
어느 날 갑자기 실종되었고
나와 내 그림자처럼 달빛을 쬐는 제비꽃은
이제 겨우 셋이나 넷

직업소개소와 편의점이 마주 보는 골목 입구
언제나 가릉대며

나를 마중하던 가로등 아래 서면
나도, 내 그림자도
문득 나타났다가 사라지고 사라졌다가 나타나는데
제비꽃 그림자는
우체통에 기대앉아
제비꽃 피울 생각만 하는군요

한번도 내 생활을 간섭한 적 없는 내 그림자가
오늘은 내가 끄적이다 구겨 버린
입사지원서를 가져와
제비꽃에 건넵니다
제비꽃은 그걸 제비꽃 그림자에 건네고, 제비꽃 그림자는 우체통 그림자에, 우체통 그림자는 그걸 우체통에 건네고요

이런 그림자놀이를 상상하며 자꾸 걷다 보면 나와 말라깽이 내 그림자가 세계의 제비꽃을 다 만날 수도 있겠습니다 지구는 둥그니까요

무연고 그림자의 은신처인 이 골목에서

제비꽃과 제비꽃 그림자

우체통과 우체통 그림자

가로등과 가로등 그림자

나와 내 그림자 위에 달빛 한 줌 흩뿌리면

제비꽃 설탕 절임처럼 달콤한 토요일 밤이 될 것 같아

보랏빛 제비꽃을 피우지 않아도

오늘만은

제비꽃을

제비꽃이라 불러 봅니다

그런데,

제비꽃에 건넨 수취인 불명 내 입사지원서는

언제쯤 나에게 반송될까요?

새들의 경계

　그러니까 월곶우체국 앞은 비둘기와 갈매기의 공동경비구역인 셈이지. 요약하면, 여기서 비둘기는 한 발자국도 바다로 갈 수 없고, 갈매기는 한 발자국도 뭍으로 올 수 없다는 거야. 그러니까 비둘기는 월곶중학교 옥상이나 바다주유소 간판, 에어컨 실외기 위까지 둥지를 틀고, 구구구 입엣말을 하며 인간의 쓰레기통을 뒤지게 된 거지. 갈매기가 포구를 찾은 관광객에게 고양이 어투로 짭짤한 새우깡을 달라고 보채게 된 거고. 말도 말라구. 오늘 아침도 우체국 앞에서 하마터면 한바탕 피비린내가 날 뻔했다니까. 비둘기와 갈매기가 날카로운 말들을 뱉으며 서로의 하늘로 날아오는 상대편을 부리로 쪼고, 날개로 격렬하게 밀치고 난리도 아니었다니까. 횟집 트럭이 이곳을 지나는 바람에 겨우 각자의 하늘로 흩어졌지만 말이야. 철새 떼가 먼 하늘을 풀었다 조였다 하며 북쪽으로 날아가고 있을 때였지.

도리뱅뱅

교통사고로 중환자실에 계신 아버지 만나러
주말마다 천안 내려갈 때
아산만방조제 지나 늘 만나던 버들집
도리뱅뱅을 잘한다는 그 집
어탕국수가 제법 맛있다는 그 집
아버지 퇴원하면 단둘이 한번 와 보려고 꾹 참고 지나쳤던 그
집을
아버지 삼우제 지내고 들렀습니다
혼자 도리뱅뱅을 주문하고
혼자 도리뱅뱅을 먹었습니다
죽음의 주모자를 찾을 수 없게
입 꼭 다물고
사발통문처럼 누워 있는 빙어들……
한 마리 한 마리 또옥 또옥 떼어 먹었습니다
아버지 퇴원하면
어스름 저녁 어깨동무하고 비밀스럽게 오려고 했던 버드나무
아래 그 집에서
젊은 날 아버지처럼

맥주잔에 소주 반 병 따라 놓고
혼자만,
혼자만,
혼자만 도리뱅뱅을 먹었습니다
뜨거운 팬을 뱅글뱅글 돌려 가며 먹었습니다.

두 대의 유모차

제1의 골목으로 유모차가 들어간다

차이나반점과 춘천닭갈비 돌아 새벽에만 문 여는 맛나김밥 지
나 공원숯불갈비 앞을 기웃거리다가 공용주차장을 가로질러 유
모차가 나온다 페트병 몇 개와 찢어진 가죽 잠바를 싣고,

잘 자라 잘 자라 우리 아가

농협은행 앞 버드나무에 기대 둔 다른 유모차에 페트병과 찢어
진 가죽 잠바를 건네고,

제2의 골목으로 유모차가 들어간다

베스킨라빈스31, 까페베네 지나 제주횟집 앞에서 잠깐 허리 좀
펴고 세븐일레븐 안을 흘낏 보다가 명가해물탕 앞으로 유모차
가 나온다 생선 비린내 풀풀 나는 종이박스를 가득 싣고,

잘 자라 잘 자라 우리 아가

농협은행 앞 버드나무에 기대 둔 다른 유모차에 생선 비린내 풀풀 나는 종이박스를 건네고,

　제3의 골목으로 유모차가 들어간다

　서울깍두기와 공룡족발을 지나 예닮교회 계단에 앉아 연둣빛 버들가지 좀 바라보다가 운구차가 비상등을 깜박이는 한도병원 장례식장 앞으로 유모차가 나온다 젖은 신문 뭉치와 소주병 몇 개를 싣고,

　잘 자라 잘 자라 우리 아가

　농협은행 앞 버드나무에 기대 둔 다른 유모차에 젖은 신문 뭉치와 소주병을 건네고,

　제4의 골목으로 유모차가 들어간다.

균열

그는 무관심에 자라고
소문에 살찌고
살찔수록 전진한다
고서의 표지 같은 벽면을 핥으며
습기가 괸 곳을 찾아
집시처럼 떠돈다
다족류의 한 갈래인데 날 때부터 기형이다
팔이 셋, 다리가 일곱, 꼬리가 열, 촉수 같은 뿔이 왼쪽 귓바퀴
와 오른쪽 겨드랑에서 끊임없이 자란다
전진할수록 기형이 되고
기형의 힘으로 자신을 먹여 살린다
추적추적 빗줄기 긋는 새벽
이 골목으로 잘못 들어온 초보 우유 배달원이
잠시 고개를 갸웃거리다가
아무런 후회 없이
서둘러 골목을 빠져나갈 때
벽면을 종횡무진하던
그의 팔과 다리, 꼬리와 뿔이 한꺼번에 쏟아져 나와 벽 하나가

쿵 쓰러진다
　이때 맞은편 벽이
　재빨리 골목 쪽으로 기운다.

어청도 솔새사촌

군산에서 카페리호로 두 시간 반 걸리는 어청도에는
솔새사촌이 산다
아주 사는 건 아니고
나팔바지를 입은 봄바람을 따라와
잠깐 살러 왔다가
머언 시베리아로 떠난다
이곳은 바다가 하늘처럼 푸르러
멸치 우럭 놀래기 해삼 전복 꽃게가
깨복쟁이로 몰려다니고
하늘도 바다처럼 푸르러
노랑허리솔새 노랑눈썹솔새 쇠솔새 되솔새 산솔새 긴다리솔
새사촌도
고단한 날개를 잠시 쉬어 간다
매년 하는 여행이지만
지구를 반 바퀴 돌아 시베리아까지 날아가는 게
이젠 영 힘에 부친다고,
설악산 대청봉엔
대열에서 낙오되어 몇 년째 외따로 살면서

자식 농사까지 짓고
아예 눌러앉은 놈도 있다는데,
까짓것 눈 딱 감고
낮에 잠깐 눈 맞춘 노랑 눈썹 여자 꾀어
미끈한 알 서넛 낳고
나도 여기에 확 주저앉아 버릴까
머릿속이 하 복잡하다고
솔새사촌이
종일 어청도 하늘을 끌고 다니다가 내려앉은
청미래덩굴 아래
저녁 어스름이 깔린다.

눈부시다는 말

수능을 얼마 앞둔 토요일,
오전 자율학습을 끝내고 학교 앞 상가로 점심 먹으러 나갔던
아이들이 하나둘 교문으로 들어온다
이번 주 자율학습 감독인 라 선생이
5층 복도 창문에 기대어
아이들을 향해 연신 손을 흔든다

얘들아, 얘들아
점심 맛있게 먹었니?

네에— 넵— 옜썰— 예쓰 티처— 쓰고이— 예잇— 오, 쏠레미
오—

뭐 먹었어?

저는 짜장면 곱빼기요, 저두요, 저는 김밥이랑 떡볶이요, 밥버
거요, 저는 컵라면요, 저는 왕만두이옵니다, 저는 친구 거 뺏어
먹었어요

선생님도 점심 맛있게 드셨어요?

응,
난 볶음밥

그런데요, 선생님
선생님이 너무 눈부셔서 똑바로 바라볼 수가 없사옵니다

아이들이 까르르 웃는다

어머머 그러니?
나도 너희들이 정말 눈부시단다

라 선생이 함박웃음을 지으며
엄지와 검지로 하트를 만들어 아이들에게 뿅 뿅 뿅 날린다

작심한 듯 햇살 부신 오후다.

평화통일기반 구축법

학생:

아빠는 통일이 먼저래요. 엄마와 이혼한 지 십 년도 더 됐는데, 며칠 전에도 예고 없이 또 찾아와 흩어진 가족을 합치자는 거예요. 늘 이런 식이죠. 우리는 헤어져 살라고 법원에서 결정한 가족인데, 이게 다 아빠 때문인데, 어떻게 통일하자는 말을 아빠가 할 수 있어요?

학생생활교육위원A:

점심시간에 무단 외출해 길 건너 성당 담벼락에서 몰래 담배를 피운 게 올해 몇 번째인지 알고 있나요? 흠흠, 제가 말씀드릴까요? 세 번째입니다. 학생인권 생활규정 3조 8항을 보면 교내봉사 다음은 사회봉사, 사회봉사 다음은 등교 정지, 등교 정지 다음은 아웃, 아웃입니다.

학생:

가족의 탄생 이후 아빠와 엄마의 평화, 아빠와 나의 평화, 엄마와 나의 평화는 없었어요. 형과 아빠의 평화, 형과 엄마의 평화는 생각조차 해 본 적 없고요. 아빠는 통일이라는 말을 무슨

종교처럼 생각해요. 전 평화를 원해요. 성당 담벼락에 기대어 피우는 담배 한 개비 같은 평화 말이에요.

학생생활교육위원B:

세계의 십자가가 추락하지 않게 오늘도 두 손 모아 기도하는 마리아를 생각해 보십시오. 한껏 빨았다가 뱉어 낸 담배 연기가 그 갈라진 혓바닥으로 순결한 마리아의 목덜미를 핥고 지나가는 건 좀……

학생:

엄마가 또 재혼한대요. 내년에 제가 대학에 들어가려면 돈도 필요하고……. 재혼은 엄마에게 가장 쉬운 돈벌이거든요. 어떻게, 어떻게, 제가
인간적으로 담배를 안 피울 수 있겠어요?

문신

쏘가리 얼룩무늬 같은, 표범의 매화무늬 같은 문신을 팔뚝에
새긴 늙은 사내가
식당에 들어오자마자
미리 주문한 얼음 동동 콩국수를 먹는다
젓가락으로 국숫발을 다그쳐
휘휘 돌리다가
단번에 사로잡아
입 속으로 후루룩 몰아친다

쏘가리 얼룩무늬 같은, 표범의 매화무늬 같은 문신을 팔뚝에
새긴 늙은 사내가
콩국수를 먹다가 갑자기 생각난 듯
신축 아파트 공사장 한편 버드나무 아래 오래된 우물이 있는데
붕어가 바글바글하다며
잡아 올 테니
심심하게 붕어찜을 해 줄 수 있냐고
여주인에게 묻는다

쏘가리 얼룩무늬 같은, 표범의 매화무늬 같은 문신을 팔뚝에
새긴 늙은 사내가
　　국물까지 싹싹 비운 콩국수 그릇을
　　여주인에게 보이며
　　냉큼 붕어를 잡아 올 테니 물이나 한 솥 끓여 놓으라며
　　매식 장부를 쓰고
　　길 건너편 아파트 공사장 컨테이너 숙소로 사라진다
　　지느러미 같은 두 팔로
　　허공을 휘휘 저으며.

3부 |

선감학원*

훌륭한 군인이 돼
천황 은혜에 보답하라고
일제 식민지 때
서해 외딴 섬에 만들어진 소년 수용소
새로 들어선 공화국에선 나태한 소년의 정신을 개조시켜야 한
다고 유지했던 곳

소년아,
너는 물수제비처럼 들떠 밖으로만 돌아다니는
거리의 부랑아가 아니었다지
길을 잃었을 뿐,
돌아가는 길을 잃었을 뿐,
집으로 돌아가는 길을 잃어버려 수원역 뒷골목 어디쯤을 울면
서 헤매었을 뿐……

가갸거겨고교구규 대신
하루의 노동으로 지친 소년들이
궤짝 같은 수용소 칸칸에 알몸으로 엉켜 잠들면

밤은 너무 짧아
섬 아닌 것들만 자꾸 생각나고
이번만은 이 지옥 같은 섬을 탈출하겠다고 한밤을 달렸으나
바다는 번번이 잿빛 해무로 막막한 만조였다지

탈출을 들킨 소년들의 주검이
거적에 말린 채 남몰래 묻혔다는 야산에 올라
눈 덮인 어린 묏등들을 본다
붕대로 감싼 상처 같다
오늘은 섣달그믐,
새봄은 아직 먼일이어서
저녁놀은 차고
앙상한 겨울나무만 묏등 언저리에 절규처럼 솟아 있다.

* 안산시 선감도에 있던 수용소. 1941년 10월 조선총독부가 세웠고, 제
5공화국 초기 1982년까지 40년간 지속하였다. 수용소 대장에 등재된 소
년 4,691명

버드나무 정원

　구을달* 꼭디기 버드낭구가 더월 먹으믄 산허리에 돌아앉은 며느리바우가 밤중에도 비지땀을 흘린다능겨. 요 버드낭구가 말여, 자라서 강 건너 반곡리까정 보이믄 그짝 여편네덜이 죄에 바람이 나서, 반곡리 사내덜이 밤에 몰래 강을 건너와 물오른 버드낭구 가지만 또옥 또옥 분질러 버린다는디……. 할머니는 바삭바삭한 손바닥으로 졸음에 뒤척이는 내 등을 쓸어 주었다.

　그 밤 꿈속에서 나는 마루 밑 연장통에서 지남철을 꺼내 가문 강을 건너고 있었다. 퐁당거리며 매달리는 피라미 새끼들을 단번에 따돌리며, 별똥별이 많이 떨어진다는 강 건너 백사장으로 달려가고 있었다. 지남철에 새까맣게 달라붙은 별똥별을 유리병에 가득 채우고 있었다. 모가지 없는 돌부처가 나왔다는 부처골에서 부처 모가지를 찾고 있었다.

　간밤에 싸리 울타리가 또 무너졌다. 멧돼지가 텃밭까지 내려와 정구지를 뿌리째 파헤쳤다. 양수장 집 우물가에서도 놈의 지린내가 났다고 한다. 나는 뒷간 옆 돼지우리에서 세상모르고 잠들어 있는 수퇘지 굵은 목주름을 버드나무 초리로 쿡쿡 찔렀다.

하는 일 없이 우리 안에서 하루 세 끼 꼬박 밥만 처먹기냐고. 네놈들 때문에 정구지 부침개는 인제 다 먹었다고.

더워지기 전에 염소를 매고 오라고 아침부터 할머니가 염소 목줄을 건넸다. 나는 싫다는 염소를 끌고 강가로 내려가면서 메뚜기를 후려 하늘 높이 던지고 망초꽃을 그러모아 분질렀다. 한밤중 섬돌에 앉아 오줌을 누다가 무슨 짐승의 눈빛을 보고 놀라 죽었다는 막내 고모 애무덤을 잰걸음으로 지났다.

강가 버드나무에 염소 목줄을 매는데 버드나무 그늘이 갑자기 술렁이더니 강 건너에서 먹구름이 깜깜하게 몰려왔다. 놀란 염소가 콩자반 같은 똥을 쏟았다. 나는 갑자기 무서운 생각이 나서 염소가 목줄을 팽팽하게 당기며 메에에ㅡ 메헤에에ㅡ 우는 것도 몰라준 채 집으로, 집으로 달음질쳤다.

강 건너 사내들이
피라미 새끼들이
지남철에 새까맣게 달라붙은 별똥별이

모가지 없는 돌부처가
늙은 수퇘지가
메뚜기가
망초꽃이
죽은 막내 고모가
버드나무 그늘이
내 허리께를
통,
통,
통,
두드리며
따라오는 것도 몰라준 채.

* 전월산(轉月山). 세종시 연기면에 있는 산

천 일의 밤

딱 사흘만 쉬고 싶었는데
딱 사흘만 놀고 싶었는데

그날 오후처럼
물살의 소용돌이는 아무 일 없다는 듯 제자리를 맴돌아요
내릴 곳을 찾지 못해
차가운 맹골수도 위를 떠도는
바람, 바람, 바람……

낮에 듣는 천 일의 밤
밤에 듣는 천 일의 낮

우리의 꽃다운 말은
태어나자마자 버려진 파도 속에
아직 갇혀 있어요

누룩빛 얼굴,
혀뿌리까지 말라붙은 목소리로

우리를 찾고 있는 제246의 엄마, 제247의 엄마, 제248의 엄마, 제249의 엄마, 엄마, 엄마, 엄마…….

* 2017년 3월 23일, 참사 1,073일 만에 세월호가 인양되었다. 기다리던 아이들은 끝내 돌아오지 못했다.

해시海市*

폐사지 입구
천년 느티나무 아래 누워
수천수만 가지 사이로 산란하는 하늘을 본다

그 속에 장날 오후 시장 골목이 부레처럼 떠 있고
망국의 부족 같은 장발의 폭주족이
비밀스럽게 들락거리는
오토바이 불법 개조 수리점이 얼핏 보이고
부모도 저버리고
아내와 자식도 팽개치고
술에 취해
천지간을 건달바처럼 떠돌다가
어디 한뎃잠을 자다 죽었다는
서른여섯 막냇삼촌이
오토바이를 타고
시장 골목을 미끄러지듯 빠져나오고 있다

천년 느티나무,

하늘과 맞닿아 숨기 좋은 곳
하늘과 맞닿아
머언 바다를 향해 한달음에 달려가기 좋은 곳
저 나무 속에
막냇삼촌이 세운 망명정부가 있었구나

바람 불자
미로처럼 뻗은 가지마다
하늘 향해 일제히 부릉부릉 시동을 켜는
수천수만의 푸른 이파리들.

* 신기루

우두커니

누이가 문밖에 서 있다
희미한 어둠이 누이 몸을 칭칭 감고 있다
하늘나라에서도
누이는 새처럼 가벼워지지 못한 것일까
날개가 없다

오늘은
누이의 첫 기일
낡은 소파 위에
태아처럼 웅크리고 죽은 누이의 마지막을 떠올리다가
울컥,
슬픔이 나를 통과했네

문밖에
우두커니 서서
문안의 나를 바라보는 누이야

악착같이 달려들던 우울, 자꾸 넘어지기만 했던 외길, 외로움

의 수렁 따위는 이제 더는 누이 것이 아닌 것을,

　누이가 눈사람처럼 녹고 있다
　머리부터
　천천히……

　내일은
　어린 조카 손을 잡고
　외딴 숲 누이의 무덤에 꽃을 주러 가야겠네
　누이는
　누구보다 젊고 예뻐서.

무지개 양말

어머니가 신고 다니는 양말은
일명 무지개 양말인데
이 양말은 보푸라기가 참 많습니다
사실, 이 보푸라기는
무지개 새순들이어서
어머니 발을 비밀리에 폭신폭신 받쳐 주었던 겁니다
발을 부드럽게 받쳐 주니까
어머니는 이번 추석 대목 장사도
거뜬히 해낸 거구요

수돗가 한편
커다란 다라이에서 물장구치는 어린 동생들과
하하호호하며
어머니가 양말 목덜미에 비누칠을 합니다
양말은 하— 간지러워 잠깐씩 까무러치는데
이때 비눗방울이 양말 속 무지개를 슬쩍 제 속에 가두고 잠깐
씩 무지개 흉내를 내기도 하죠

어머니 생일에
나와 동생들이 선물한 무지개 양말은 빨랫줄에 잠시 맑게 젖어
있다가
아침이면 다시
말랑말랑한 일곱 색깔 무지개로 뜨겠지요
어머니 볼 넓은 발이
또 해종일 즐거울 테구요

어머니는 솥에서 따뜻한 물 한 동이를 더 길어와
다라이에 천천히 부으며
목욕은 뒷전인 채
비눗방울 놀이만 하는 동생들에게
다정하게 물으셨죠

누가 오늘 아침 엄마 양말 속에 무지개를 넣었을까?

저요! 저요!

돌부리

돌부리는 다른 세계로 통하는 비상구다
보여 줄 듯 말 듯
약간의 노출증이 있으나
적의는 없다

소나기가 쏟아진다
빗물을 핥으며 골목 도처에 발아하는 돌부리……
뒤늦게 진언眞言을 읊는
사미승 입술 같다

버스에서 방금 내린 버들가지처럼 가는 여자가
우산도 없이
에코백으로 머리를 잔뜩 감싸고
빗속을 뛰어가다가
단말마 소리를 뱉으며 반짝 사라진다

비상구를 만난 게 틀림없다

주위를 한번 휙 둘러보고
옷 툭툭 털고 일어나
에코백으로 머리를 다시 감싸고
휘청휘청
빗속을 뚫고 뛰어가는 버들가지처럼 가는 여자.

솟대

날개를 채 펴기도 전에 뾰족한 장대 끝에

가슴이

쿡,

찔린 새.

성聖 페트병

페트병 한 개가
소백산 철쭉 군락지에 버려져 있다
한번 세상 밖으로 나오면
도무지 해체될 줄 모르는 독점적 구조를 가졌다
투명한 몸을 부풀린 채
적산가옥처럼 남을 수 있었던 것은
석유의 연금술 덕분이리
시간을 거슬러
해발 천 미터 능선까지 올라왔으니
분리수거되지 않고
수수 천년 완전체로 남을 수 있겠다
꿈꾸지도
나이를 먹지도
나이를 세지도 않으니
늙어도
늙지 않겠다.

임춘묵

어릴 적 소아마비를 앓아
왼발이 아기 발처럼 작고 말랑말랑한 춘묵이는
금강錦江을 퍼 올려 인근 평야에 물을 대는 양수장 관사에 살
았다
중학교 3학년 여름방학 때
할머니 댁에 놀러 왔다가 사귄 친구인데
나와 본관도 같고
돌림자도 같아
혹시 먼 친척일지도 모른다는 생각에
단번에 그와 친해졌다

그는 목발을 짚고도
백 미터 달리기를 십팔 초에 끊을 만큼 빨랐다
산허리를 염소처럼 쏘다니며
갓 나온 버섯과 잘 익은 산딸기를 찾아내고
내가 족대를 대고 서 있으면
그는 먼 데서부터
목발로 물풀을 헤치며

피라미를 몰아오고
발가락으로 강바닥을 더듬거려
말고기처럼 쫄깃하다는 말조개를 잘도 잡아냈다

가끔,
살아가는 일 팍팍하고
삶의 길목에서 잔뜩 풀이 죽어 있는 나를 발견했을 때
여름밤 백사장에 나란히 누워
그와 함께 수많은 별을 바라보던 일과
굳은살 박인 손바닥과
넓은 어깨로
목발을 단단히 짚고 강둑에 서서
저문 강을 바라보며
긴 휘파람을 불던 그를
문득 떠올린다.

미싱 링크[*]

아파트 관리사무소 앞에 눈사람이 쓰러져 있다
얼굴엔 검정 페인트 스프레이가
함부로 뿌려져 있고
두 눈엔 파란 츄파춥스 사탕이 하나씩 꽂혀 있다
행운목이 깊이 박힌 왼쪽 어깨는
괴사가 진행 중이다

건너편 아파트 놀이터에도
니그로인처럼 검은 얼굴과 스칸디나비아인처럼 파란 눈을 가
진 눈사람이 쓰러져 있다
몸싸움 흔적이 없는 것으로 봐서
면식범일 가능성이 크다

폭설로 집으로 돌아가지 못한 아이들이
눈덩이를 굴리고 있다
작은 눈사람 하나씩 들고 미끄럼틀로 올라가
아래로 힘껏 던진다
머리와 몸통이 순식간에 분리된다

때리고
부수고
뭉개고
눈사람은 다시 최초의 눈꽃이 된다

부서진 눈사람 속에서 꺼져 가는 심장 한 줌을 꺼내
붉은 페인트 스프레이를 뿌리고
후— 하고
생기를 불어넣는 아이들⋯⋯
저녁이 오는 줄도 모르고
혓바닥이 창백해지도록 파란 츄파춥스를 빨며
눈덩이를 굴린다.

* missing link

커피의 힘

어라? 이게 누구랴, 순자 씨 아녀?

윗도리 헤벌어진 봄동을 감싸던 직영채소도, 일회용 비닐장갑을 배달하고 돌아오던 남산봉투도, 만복방앗간 행복옷수선 백월산부부보살 은하미용실도 문순자 씨 이동커피숍으로 모여드는데요. 금강정육점이 방금 들어온 갈비 한 짝을 더듬다가 단풍든 목장갑을 벗는 것도 이맘때랍니다. 설탕과 프림을 듬뿍 넣어 물방울무늬 쟁반에 찰랑찰랑 받쳐 오는 문순자 표 커피 한 잔, 호호 불어 넘기고 커피 향 바람에 흩날리며 아침을 시작합니다. 전봇대에 보안등이 방금 꺼졌습니다. 마른 장작 같은 미숙 엄마가 커피 한 잔 후루룩 마시고 동태 상자를 바닥에 힘껏 내팽개칩니다. 얼어붙은 베링해가 순간 쩍 갈라져 부스스 깨어난 동태 한 마리가 비린 좌판 위로 푸드덕 날아오릅니다. 멍든 왼쪽 눈두덩이 아직 해쑥처럼 새파란 문순자 씨가, 봄은 아직 멀었는데 남편이 벌써 봄바람이 났다는 문순자 씨가, 나무젓가락으로 커피를 휘휘 젓다가 까르르 웃습니다.

지가유?

정말 보름이나 시장엘 안 나왔어유?

지가유?

페르시안 고양이

페르시안,
팬지꽃 같은 얼굴로 피아노 위 지구본을 바라본다
취침등 아래 유리질 눈동자는
푸르게 점안點眼 되고
아리아인의 땅 페르시아가
금빛 노을을 흘리네

사막이 한 뼘이나 넓어졌는데
사막여우는 어디로 갔지
모래언덕에 묻어 둔 별똥별의 주검 따윈 이제 잊기로 했나
검은 차도르의 순례자와
보랏빛 엉겅퀴가 보이지 않는군

페르시안,
어깨를 한껏 낮추고
살금살금 다가가
앞발로 지구본을 툭 치렴
쇠락한 지구가 비로소 자전하게

말라붙은 카스피해에 흰 수염이 스치도록

피딱지가 엉겨 붙은 거세된 수컷을 핥으며
갸릉갸릉 목울대를 울리는
페르시안,

헬륨 풍선처럼 부풀어 있는 나의 지구에
뜨거운 키스를 부탁해

내가 질끈 눈을 감아 줄게.

해바라기 광배

키다리 해바라기들이 공원 입구에 나란히 서서
가을볕을 쬐고 있습니다
접시 안테나처럼 골똘하다가
가끔 지나는 사람 어깨에 슬쩍 그늘을 얹고
바람에 흔들립니다

보채는 어린 딸애들을 차례차례 목말을 태워 해바라기 얼굴을
보여 줬습니다

보이니?
익었니?
까맣지?

쉿,
모가지를 간질이면 햇살이 콰르르 쏟아질지도 몰라
톡, 건드리면
저 속 어딘가 숨어 있던 햇살이
파파밧 튀어나올지도 몰라

딸애들을
해바라기 옆에 하나씩 세워 놓고
카메라 렌즈를 조절하면서

나도 해바라기처럼 언제나 큰 키로 저 아이들 뒤에 서 있으면
좋겠다
아이들 어깨 위에
날마다 햇살 한 줌씩 뿌려 주면 좋겠다
저 아이들이
옳은 일을 하다가 어려움을 겪을 때
서로를 위무하며
불꽃처럼 뜨겁게
들쑥처럼 푸르게 살았으면 좋겠다
생각했습니다

찰칵!

가위

물어물어 찾아간 산속 외딴집
산 어머니가 죽은 아버지와
땅거미 깔린 평상에 앉아 저녁을 들고 있었다
무얼 그리 맛있게 드시냐 물었더니
어머니가 환하게 웃으며
양푼을 보여 줬다
정구지 잘게 썰어 넣은 간장에 썩썩 비빈 무밥, 무밥이었다
고소한 들기름 내도 올라왔다
무밥을 소복하게 한술씩 떠서
살갑게 눈을 맞추고
서로에게 먹여 주고 있었다
아버지 살아 있을 때는 단 한번도 보지 못했던
다정한 부부 모습이었다
그 모습 애틋하게 바라보다가
더 어두워지기 전에 서둘러 돌아가려는데
사립문 밖 버드나무 아래에서
검은 개를 만났다
검은 개는 순식간에 나에게 달려들어

내 목을 물어뜯었다

솟구친 피가

사립문과 담장과 버드나무 이파리와 검은 개를 붉게 물들였다

온몸이 피범벅이 된 나는

고통이 뼛속까지 사무쳤지만

저녁을 들던 어머니가

깜짝 놀라 울며불며 버선발로 달려 나올까 봐, 어머니의 최초

행복이 사라질까 봐

외마디 비명조차 낼 수 없었다.

4부

버드나무 그늘에 앉아

폴리스라인에 포위된 버드나무는
과묵하고
손바닥만 한 붕어,
한 마리 두 마리 세 마리 네 마리 다섯 마리 여섯 마리 일곱 마
리가
버드나무 늙은 그늘에 제멋대로 누워
육탈肉脫을 서두르고 있다

버들가지는 축축 늘어져 이중삼중으로 촉수를 대고
허공의 체액을 빨고 있다
물안개는 자자하고
멸균 거즈처럼 희고 눈부시다

버드나무 그늘은
간밤 저수지가 불러들인 이중국적 사내와 깊이 연루된 듯하다

버드나무 아래
일곱 개의 지옥과 여덟 개의 천국과 팔만사천 개의 그늘이 있고

이족보행 흔적이 뚜렷한
작업화 한 켤레가 있다

간밤 폭우로 만취한 저수지는
낯빛이 붉고
노랑어리연은 저희끼리 숭얼숭얼하다.

립싱크

폐가 마당에 매화가 진다

성대 잘린 수캐가 짖는다

이번엔 한 옥타브 높이자고, 입술을 조금만 더 쫑긋하고

성대 잘린 수캐가 짖는다

폐가 마당에 매화가 진다.

푸드 트럭

사내는 꽤 점잖은 편이다
매직펜으로 반듯하게 쓴 〈토스트+우유=2500원〉 피켓을 들고
트럭 옆에서
지나는 차들을 향해 공손하게 서 있다
머리에 수건을 두른 여자가
트럭 안에서 식빵을 굽는다

외곽에 딸린 변전소 앞길은
공단 가는 지름길,
키다리 송전탑들이 고압적인 자세로
이곳을 지나는 차들과
전봇대에 대충 기댄 푸드 트럭을 내려다보고 있다

빗방울이 굵어졌나
사내는 왼손엔 피켓을
오른손엔 우산을 들고
식빵을 굽는 여자 옆에서 다시 마네킹처럼 서 있다

팬에 노릇노릇 구워진 식빵을 뒤집으며
여자는 가끔
목을 길게 빼고 도로를 내다본다
월요일 아침 출근길,
차들은 꼬리에 꼬리를 물고 가다 서기를 반복한다
밀린 주문은 없다.

주머니 사용법

어릴 땐 왜, 주머니 달린 옷만 보면 사 달라고 졸랐을까
주머니에 손 꽂고
가끔 한쪽 어깨를 으쓱해야
등굣길에 책가방이 흘러내리지 않았네
주머니에 빵빵하게 허공을 채우고
휘파람 불며
두어 정거장쯤 걸으면
슬픔도 분노도 외로움 따위도
제법 견딜 만했지

애인 손은 작은 새였네
새로 산 내 체크무늬 잠바 주머니에 작은 새를 불러와
애인과 나란히 걷고 싶었는데
새는 멀리 날아가고
나는 저만치 날아가는 새를 바라보며
주머니 주름만 만지작거렸네
물 밖에 나오면 몸이 버터처럼 녹아 버린다는
바이칼 호수의 어떤 물고기처럼

주머니에서 손을 빼자
열 손가락이 줄줄줄 흘러내렸네

한때 내 주머니의 주머니였던 아버지는 주머니가 참 가벼운
사람
생활비 좀 달라는 어머니에게
북두갈고리 같은 손으로
주머니 탈탈 털어
주머니의 뿌리를 보여 주었지
마지막 입은 수의엔
빈털터리 주머니마저 없어서
불린 생쌀 한 줌 입 속에 겨우 넣어 드렸네
굳게 다문
푸르스름한 입이
그의 마지막 주머니였으니…….

구름 찍는 실버 사진사

해 뜨는 데부터
해 지는 데까지
청람빛 하늘이 구름을 방목하고 있다
산마루에 다문다문한 구름은
중학교 동창회 정기산행에 햇빛 가리개로 써도 좋겠다

초록의 산허리까지 내려왔다가
길 잃은 얼룩배기 구름은
안개가 되었구나
는개가 되었구나
아, 온 산에 구름 냄새 자자하여라

구름짬에서 갓 부화한 어린 구름은
화과자처럼 부드럽고
두부같이 순해서
잠들면 잠든 대로 기지개를 켜면 켠 대로 천방지축 뛰놀면 뛰
노는 대로
사진 찍기에 좋구나

바람 구두를 신고
왈츠의 속도로 짝짓기를 시작한 구름……
챙 넓은 모자를 살짝 감아 쓰고
뒤늦게 합류한 구름 하객은
또 얼마나 멋쟁이인가

마지막 순간까지
구름의 마음가짐이 없으면 다시 구름이 될 수 없다고
꽃다운 나이에
세계의 저녁을 짊어지고
지평선 속으로
순례를 떠나는 구름이 있다.

상춘賞春

전속력으로 달리던 택배 트럭 한 대가
횡단보도 앞에서
속도를 못 이기고 방지턱에 바퀴를 쿵 찧는다
뒷문 한 짝이 활짝 열렸다
짐칸엔 배달할 상자들이 빼곡하다
트럭이 잔뜩 들뜬 소리로
차선을 바꾸자
상자들이 일제히 기우뚱하다가
제자리로 돌아온다

뒷문이 열렸다고 알려 줘야 하는데,
저러다가
택배 상자들이 길바닥에 다 쏟아질지 몰라
고개를 오르는 순간
모든 게 끝장인데……

빵빵― 빵빵― 빠앙― 빠앙―

뒤따라오던 차들이

경적을 울리고

전조등을 아무리 켰다 껐다 해도

트럭은 잿빛 연기를 풀풀풀 날리며 저만치 멀어지고 있다

십 리 벚꽃 흩날리는

토요일 오후의 쌍계사 구불길을

딱 한번

선두로 달려 보기라도 하겠다는 듯.

은빛 새우

검은 우산을 펼쳐
빙그르르 돌리자
은빛 새우가 간지러워 못 참겠다는 듯 떼구루루 구른다

연체된 책을 반납하러 도서관에 가는데
갑자기 불어난 은빛 새우 때문에
우산이 자꾸 우쭐댄다

어디서 춤 좀 춰 봤다는 듯
허리에 힘 빼고
몸을 동글게 말았다가 쫙 펴면서
우산 위로
미끄러지듯 스치는
은빛 새우들의
탭, 탭, 탭, 탭댄스

덤프트럭 한 대가
하수구로 몰려가는 새우 떼를 전속력으로 치고 달아난다

이때 은빛이 무수히 반짝인다

다행이야,
세상의 모든 하수구가 바다에 닿아 있어서……

도서관에 도착해
우산을 탁탁 털어 접는다
우산 주름 속 은빛 새우가 한꺼번에 뛰쳐나와
보도블록 속으로 사라진다.

옥춘*

저런
입 안 가득 생피가 고였구나
붉구나

아버지의 아버지의 아버지의 아버지 제사가 끝났으니
음복을 하렴
너도 어엿한 종손이잖니

아버지의 아버지의 아버지의 아버지 제사를 지냈으니
옥춘을 주세요
저는 아직 어리잖아요

박하 향 민얼굴이 보고 싶어서
굴리고 굴리고

회오리바람도 고여라
돌리고 돌리고

동구 밖 버드나무 아래 앉아
혀끝에 작은 은종銀鍾 하나 남을 때까지
녹이고 녹이고

아버지의 아버지의 아버지의 아버지, 인제 그만 안녕히 가세요

저런
입 안 가득 생피가 고였구나
붉구나.

* 옥춘당(玉春糖). 쌀가루로 여러 가지 모양이나 빛깔을 넣어 만든 사
탕 과자

개똥과 나비

개똥 위에 나비 한 마리가 앉아 있다
이런 향기는
생전 처음 맡아 본다는 듯
혀끝을 감도는 괜찮은 맛이라도 있는지 둘러봐야겠다는 듯
날개를 접고
구릿빛 똥을 이리저리 더듬고 있다
나비는 당분간
숲으로 돌아가지 않을 모양이다

개똥은 자기가
지금,
바로,
여기,
꽃이라는 듯
이 정도 향기면 어디 내놔도 주목받지 않겠냐는 듯
양지편 개나리 울타리 아래
뭉긋하게 앉아
나비의 손과 입술에
무량으로 제 몸을 주고 있다.

박쥐 목격담

도토리 주우러 뒷산에 갔다가
폐광 근처에서 우람한 떡갈나무를 발견했다
떡메로 나무 허리를
떠엉— 떠엉— 치니까
도토리가 후드득후드득 쏟아졌다
거기서 박쥐를 보았다
처음엔 빈 벌집이 떨어졌나 했는데
나뭇가지를 꼭 붙들고 거꾸로 매달려 있던 그것……
죽은 박쥐였다
박쥐는 얇은 먹종이 같은 두 날개로
얼굴과 귀를 꼭 껴안고 있었다
선뜻 다가서지 못하고
발로 낙엽을 끌어 덮어 주고
산에서 내려오는데
폐광에서 검은 박쥐들이 한꺼번에 몰려나와
한 떼는 강 건너 미루나무 숲으로
더러는 마을로 날아갔다
박쥐 뒤를 따라
저녁이 빠르게 늙어 가고 있었다.

개그의 부활

개그콘서트가 종영됐다
궁륭 같은 개그를 펼치던 이들도 뿔뿔이 흩어졌다
능이버섯 같고 노루궁뎅이 같은 웃음도
더는 만날 수 없겠다

웃겨 달래서 구체적으로 웃겨 줬는데
다른 사람은 다
웃겨 죽겠다고 난리인데
당신만 웃지 않아서 생긴 일이다

배꼽이 빠지고
허리가 끊어지더라도
당신만은, 당신만은 웃음을 참지 말았어야 했는데……

당신만 바라보고 준비했던 개그가
헛웃음이 되고 말았지

개그는 웃겨야 사는데

웃지 말자
웃지 말자
아직은 웃을 때가 아니다
삶이 어차피 개그라며
입술을 깨물고 허벅지를 꼬집으며
당신이 애써 삼킨
태어났으나,
태어나지 않은 웃음들……

노동을 잃은 멸종 위기종 개그가
대낮에 공원 벤치에 앉아
길 잃은 어린 웃음을 데리고 놀고 있다.

물여우*

얼마나 더
거짓 웃음을 흘려야,
얼마나 더
낯선 사내 가슴에서 뜨거운 심장을 뽑아내야
우화가 가능할까

연못을 떠돌다가
비릿한 물의 아랫도리로 끌어들인 사내가 여든여덟, 여든아홉……
키틴질 외골격을 광속으로 찢고
움켜쥔,
한 입 베어 물면
입 안 가득 흐뭇하게 파닥이는 심장이
아흔여덟 아흔아홉……

온다, 오누나
귀밑머리 보송보송한 사내가
첫 번째 사랑을 잃고
버드나무 아래로 터벅터벅 걸어오누나

귀때기 새파란 버들가지가
물 위를 스치네

아흐,
슬슬 자맥질을 해야 할 시간
꼬리를
살짝 감추고.

* 수호(水狐). 날도랫과 곤충 애벌레. 여름에 나비가 된다.

버려진 자전거

포구에 버려진 자전거가 밀물에 잠긴다
깨진 헤드라이트에는
고단함이 흐르고
앙상한 두 바퀴는
바다로 나아가려고 애쓴 흔적이 역력하다

노루 뿔 같은 핸들 한쪽을
펄 속에 처박은 채
포구로 들어오는 불온한 전파를 수신하는 것일까
꼬깃꼬깃한 물 주름이
일시에 퍼진다

실오라기 하나 걸치지 않은 바람이
텅 빈 안장에
다리를 꼬고 앉아
휘파람을 불다가 갔을 것이다

부스스 깨어난 체인이

악착같이 달라붙는 파도를 세차게 뿌리친다
파도가 주저앉힐 때마다
움찔하며
페달에 힘을 준다

물살의 바퀴들이
포구에 빠진 일몰을 휘감고
자전거 둘레를 빙글빙글 맴돈다.

코끼리 쇼

코끼리가 기다란 코로 훌라후프를 돌린다.

코끼리가 무릎 꿇고 앉는다. 조련사가 코끼리 기다란 코를 타고 코끼리 머리 위로 잽싸게 올라간다. 코끼리가 일어서면서 트럼펫 소리를 낸다.

코끼리가 기다란 코와 앞발을 지지대 삼아 물구나무를 선다.

이때 알록달록한 천으로 치장한 새끼 코끼리가 무대로 깜짝 등장한다. 코로 탬버린을 쥐고 찰, 찰, 찰, 흔든다. 엉덩이를 씰룩, 쌜룩, 한다.

진주 귀걸이를 한 여자 관람객이 코끼리 기다란 코를 악수하듯 쥐고 무대로 올라가 눕는다. 코끼리가 기다란 코로 진주 귀걸이를 한 여자의 허리를 꾹꾹 누른다. 이걸 코끼리 마사지라고 한다.

자, 관객 여러분

다 같이 큰 소리로 외쳐 주세요.

하나―
두울―
세엣―

코끼리가 기다란 코로 볼링공을 말아 힘껏 던진다. 열 개 볼링 핀이 사나운 소리를 내며 사방으로 튀어 오른다.

이때 알록달록한 천으로 치장한 새끼 코끼리가 볼링핀 하나를 배에 맞고 쓰러지는 시늉을 한다. 비틀거리며 코로 탬버린을 찰― 찰― 찰― 흔든다. 쿵, 쓰러진다. 엉덩이를 씰룩― 쌜룩― 한다.

소금쟁이

물의 거죽이 커터 칼날처럼 반짝인다

가라앉고 싶어도
가라앉을 수 없는 슬픔의 표면장력으로
한 발 한 발
물 위를 걷는다

물 위는
절망과 두려움에 주저앉지 않으려고 몸이 물보다 가벼워진
이가
홀로 걷기 좋은 곳.

시선의 윤리

고봉준(문학평론가)

시선의 윤리

1

임경묵의 시는 '다른 방식'으로 본 일상의 풍경이다. 이때의 '다른 방식'이란 일상적 감각, 즉 우리가 경험을 통해 획득한 사고와 감각에서 벗어난다는 의미이다. 우리의 '일상'은 고유한 리듬을 형성하고 있다. 수면, 식사, 출퇴근 등 우리의 일상적 행동들은 다양하게 분절된 시간과 규칙적인 반복으로 구성되어 있다. 이 시간적 규칙성이 깨어질 때 우리의 정신과 육체에는 문제가 발생한다. 반대로 이 규칙성이 잘 유지될 때, 우리는 '일상'이라는 단어에서 편안함이나 안정감을 연상한다. 인간의 일생이란 결국 이 일상적 시간의 연속과 반복인지도 모른다. 하지만 이러한 일상의 감각은 우리가 생각하고 느끼고 행동하는 것들이 일정한 방향으로 틀 지워짐으로써 형성된 것이다. 달리 말하면 규칙적인 반복에 의해 유지되는 일상의 감각은 대상이나 세계의 다른 면모들을 비(非)가시적인 것으로 만드는 한에서 우리에게 안정감을 제공한다.

이러한 일상적 감각은 아주 자연스럽게 우리를 지배하고 있어서 규칙성을 벗어난 예외적 상황에서만 지각된다. 가령 직장인의 일상을 상상해 보자. 그는 매일 아침 같은 시간에 일어나, 같은 시간에 도착하는 버스나 지하철을 타고 출근하며, 같은 시간에 집에 돌아와 어제와 같은 시간에 잠자리에 든다. 이런 생활을 반복하면서 그가 경험하는 세계의 풍경은 사실 특정한 시간에만 목격할 수 있는 풍경이라는 점에서 제한적이다. 이런 그에게 특별한 사정이 생겨서 어느 날에는 평소보다 이른 시간, 가령 오후 3시에 퇴근하게 되었다고 생각해 보자. 그때 그는 자신이 평소에 보던 것과는 전혀 다른 풍경들을 마주하게 될 것이다. 자신이 살고 있는 동네의 낮 풍경은 밤 풍경과 전혀 다르고, 비좁은 출퇴근 시간의 도로나 지하철이 아닌 한낮의 도로나 지하철 풍경은 매우 낯설게 다가오기 마련이다. 이처럼 일상적 질서는 본질적으로 우리의 사고와 감각을 특정한 방식으로 한정함으로써 동일한 대상의 다른 모습을 보이지 않는 것, 비가시적인 것으로 만든다.

일상적 세계를 '다른 방식'으로 본다는 것에는 두 가지 의미가 함축되어 있다. 먼저 시적 대상을 일상적 세계로 한정한다는 것, 즉 미적인 경험을 형식이나 언어 실험 같은 엘리

트주의와 동일시하지 않는다는 것이다. "모든 숭고한 것들은 언제나 실망스러울 정도로 평이한 말들로 설법되는 법이다." 라는 장 그리니에(Jean Grenier)의 말처럼 '시적인 것'은 생각보다 일상의 가까운 곳에 존재한다. 임경묵의 시편들이 지닌 보편성은 바로 이러한 시적 대상의 선택에서 기원한다. 그의 시편들은 우리에게 놀랍고 기괴한 현대성의 충격을 안겨 주지는 않지만 대상과 세계의 이면을 드러냄으로써 일상적 감각을 뒤흔들어 놓는다. 이 경우 '일상'은 익숙하기 때문에 중요한 것이 아니라 예술을 통한 삶의 변화라는 문제의식이 대면하지 않을 수 없는 세계라는 점에서 중요한 시적 대상이 된다. 임경묵의 시에서 '일상'은 그 자체로 긍정되어야 할 세계가 아니라 '다른 방식', 즉 시적 인식을 통해 횡단되어야 할 세계이다.

2

'시선'에는 타인과 세계를 대하는 태도가 각인되어 있기 마련이다. 시적 대상을 감정 투사의 객체로 간주하는 시선이 있는가 하면, 그러한 투사에의 욕망을 경계하는 시선도 있다. 후자에서 시선을 윤리적으로 만드는 것은 투사적 욕망의 유무가 아니라 그러한 욕망을 경계하려는 태도, 대상을 자신의 분신으로 만들지 않으려는 노력의 흔적이다. 요컨대 시선의 윤리는 윤리적이라는 사실보다는 윤리적이려고 노력하는 자세를 통해 드러나는 법이다. 시집의 첫 페이지에 등장하는 「꽃피는 스티로폼」은 윤리적 시선을 유지하려는 시인의 태도를 분명하게 보여 준다는 점에서 일종의 선언문처럼 읽힌다. 이 시에서 화자의 시선은 봄바람으로 인해 골목을 굴러다니는 다양한 사물들을 뒤쫓고 있다. 봄바람이 골목을 휩쓸고 지나가자 벚꽃이 흩날리고 스티로폼 조각이 굴러간다. 다음 순간, 갑자기 나타난 피자 배달 오토바이가 스티로폼 조각을 치고 지나가고, 그 충격으로 귀퉁이가 떨어진 스티로폼 조각이 다시 골목을 굴러간다. 어느새 스티로폼 조각에서는 흰 알갱이들이 무수히 태어나고, 그것들은 봄바람에 흩날리는 벚꽃과 뒤엉켜 골목 밖으로 흘러 나간다. 한낮의 봄풍경을 관조적인 시선으로 형상화하고 있는 이 작품에는 대상을 주체화하거나 자신의 감정을 대상에 이입하려는 태도가 드러나지 않는다. 시인은 풍경이나 대상과의 심리적 거리를 좁히는 대신 하얀 알갱이로 부서져 바람에 흩날리는 스티로폼에 대해 '꽃피는 스티로폼'이라는 흥미로운 제목을 부여함으로써 시를 마무리하고 있다.

도토리 주우러 뒷산에 갔다가
폐광 근처에서 우람한 떡갈나무를 발견했다

떡메로 나무 허리를

떠엉- 떠엉- 치니까

도토리가 후드득후드득 쏟아졌다

거기서 박쥐를 보았다

처음엔 빈 벌집이 떨어졌나 했는데

나뭇가지를 꼭 붙들고 거꾸로 매달려 있던 그것……

죽은 박쥐였다

박쥐는 얇은 먹종이 같은 두 날개로

얼굴과 귀를 꼭 껴안고 있었다

선뜻 다가서지 못하고

발로 낙엽을 끌어 덮어 주고

산에서 내려오는데

폐광에서 검은 박쥐들이 한꺼번에 몰려나와

한 떼는 강 건너 미루나무 숲으로

더러는 마을로 날아갔다

박쥐 뒤를 따라

저녁이 빠르게 늙어 가고 있었다.

– 「박쥐 목격담」 전문

세계/타인에 대한 개인의 태도는 약자 또는 생명을 대하는
모습에서 분명하게 드러난다. 인용시에서 시인은 도토리를
줍기 위해 뒷산을 찾았다가 우연히 "죽은 박쥐"를 발견한다.

시인은 지극히 일상적인 이 경험에 '박쥐 목격담'이라는 건조한 제목을 붙였으나 박쥐의 사체를 "발로 낙엽을 끌어 덮어 주고" 산을 내려오는 장면에서 우리는 연약한 생명을 대하는 시인의 태도를 엿볼 수 있다. 이러한 태도는 "죽은 금붕어를 화단에 묻"(「죽은 금붕어」)으며 눈시울을 붉히는 어머니의 모습이나 우연히 '죽은 두꺼비'를 발견하고 '도깨비'(「죽은 두꺼비」)에 얽힌 자신의 과거를 떠올리는 장면에서도 반복된다. 특히 자녀들과 함께 방문한 공원에서 사진을 찍다가 불현듯 "나도 해바라기처럼 언제나 큰 키로 저 아이들 뒤에 서 있으면 좋겠다"(「해바라기 광배」)라고 진술하는 장면에서는 어린 자녀들만이 아니라 세상에 존재하는 모든 생명의 배후가 되기를 희망하는 시인의 모습을 발견할 수 있다. 임경묵의 시에서 인간은 자신은 물론이고 세계를 제어하는 자율적인 주체가 아니다. 비인간 생명의 경우에도 사정은 마찬가지이다. 그가 보여 주는 인간/생명은 취약하기 그지없어서 이미-항상 누군가의 도움과 보호를 필요로 하는 존재이고, 그리하여 사회나 공동체 안에서 재생산되는 관계적 존재이다. 뒷산을 찾았다가 우연히 발견한 박쥐의 사체에 낙엽을 덮어 주는 행위는 인간과 동물을 위계적으로 인식하는 인간중심주의는 물론이고 강자가 약자에게 베푸는 동정심과는 무관하다. 그것은 연약한 생명, 누군가의 도움과 보호가 필요한 생명을 향해 내미는 연대의 손길에 가깝다. 물론 "슬픔의 표면장력"(「소금쟁이」)이 지배하는 이 자본의 세계에서 시인의 희망이 성취될 가능성은 희박해 보인다. 시인 또한 균열 없는 완전한 세계는 불가능하다는 사실을 모르지 않을 것이다. 하지만 그 불가능한 세계를 향한 걸음을 내딛는 것, 그 불가능성을 문학의 동력으로 삼는 것 역시 시인의 역할이다. 그런 점에서 임경묵의 시에서 우리가 주목해야 할 것은 타인의 삶이나 화폐로 환원되지 않는 사물에 주목하는 시인의 시선이다.

사내는 꽤 점잖은 편이다
매직펜으로 반듯하게 쓴 〈토스트+우유=2500원〉 피켓을 들고
트럭 옆에서
지나는 차들을 향해 공손하게 서 있다
머리에 수건을 두른 여자가
트럭 안에서 식빵을 굽는다

외곽에 딸린 변전소 앞길은
공단 가는 지름길,
키다리 송전탑들이 고압적인 자세로
이곳을 지나는 차들과
전봇대에 대충 기댄 푸드 트럭을 내려다보고 있다

빗방울이 굵어졌나

사내는 왼손엔 피켓을

오른손엔 우산을 들고

식빵을 굽는 여자 옆에서 다시 마네킹처럼 서 있다

팬에 노릇노릇 구워진 식빵을 뒤집으며

여자는 가끔

목을 길게 빼고 도로를 내다본다

월요일 아침 출근길,

차들은 꼬리에 꼬리를 물고 가다 서기를 반복한다

밀린 주문은 없다.

– 「푸드 트럭」 전문

    죽은 생명체('죽은 박쥐')에 '낙엽'을 덮어 주는 연대의 마음이 인간, 즉 타인에게 적용될 때 「푸드 트럭」 같은 작품이 탄생한다. 임경묵의 시는 세상의 가장자리에서 위태롭게 살아가는 사람들과 교환가치를 상실하여 버려진 사물들에 유독 관심을 집중하고 있다. 유모차를 끌고 도심의 골목을 누비며 폐품을 주워서 생활하는 노인(「두 대의 유모차」), 어릴 적에 앓은 소아마비 때문에 장애를 안고 살아가는 친구(「임춘묵」), 남편에게 폭행당해 왼쪽 눈두덩이에 멍이 든 상태로 시장에서 커피를 파는 여자(「커피의 힘」), 저수지에 투신하여

자살하는 "이중국적 사내"(「버드나무 그늘에 앉아」)가 전자의 경우라면, 잡풀만 무성한 채 버려진 폐가(「폐가의 자세」), 철쭉 군락지에 버려진 "페트병 한 개"(「성(聖) 페트병」), "포구에 버려진 자전거"(「버려진 자전거」)는 후자의 경우이다. 어떤 것이 반복된다는 것은 징후, 즉 특별한 의미가 존재한다는 뜻이다.

「푸드 트럭」을 보자. 월요일 아침 출근길, "공단 가는 지름길"에 부부로 추측되는 남녀가 토스트와 우유를 팔고 있다. "사내는 꽤 점잖은 편이다"라는 진술에 암시되듯이 이들 부부는 최근에 장사를 시작한 초보 자영업자로 보인다. 이들의 사연을 알 수는 없지만 "밀린 주문은 없다"라는 말이 지시하듯이 이들의 장사는 성공적이지 않다. 출근 전쟁에 나선 운전자의 시선을 붙잡기 위해서는 과장된 몸짓이나 고성이 필요하지만 이들 부부에게는 숫기가 없다. 사내는 "지나는 차들을 향해 공손하게 서 있고" "여자는 가끔/ 목을 길게 빼고 도로를 내다"볼 뿐이다. 시인은 이 안타까운 장면을 수평과 수직, 하늘과 땅, 즉 높은 것과 낮은 것의 대조적인 이미지를 통해 조망한다. "고압적인 자세"를 취하고 있는 "키다리 송전탑들"과 "전봇대에 대충 기댄 푸드 트럭"의 대립적인 이미지가 그것이다. 고압적인 자세로 내려다보고 있는 송전탑이 이들 부부의 삶을 위협하는 힘이라면, 그 송전탑 아래에 위태롭게 놓인 '푸드 트럭'은 냉정한 현실 앞에서 금방이라도 무너져 내릴 수 있는 이들 부부의 운명을 암시하는 객관적 상관물이라고 말할 수 있다. 그런데 여기에서 주목할 점은 시인 또는 화자가 대상에 대해 감정적으로 반응하지 않는다는 것이다. 시인은 '타인'의 비극적인 삶에 대해 이야기하면서도 정작 그들에게 감정적인 유대나 안타까움 등을 표현하지 않는다. 「푸드 트럭」에서 시인은 안타까운 부부의 운명을 최대한 객관적으로 표현하려는 자세를 취하고 있고, 폐지를 주워서 생계를 해결하는 노인의 삶을 다룬 「두 대의 유모차」나 가정 폭력의 희생자인 여성의 슬픈 삶을 다룬 「커피의 힘」에서는 "지가유?// 정말 보름이나 시장엘 안 나왔어유?"처럼 슬픔에 대해 유머러스한 태도를 취한다. 이러한 태도는 한 사내의 죽음을 "이족보행 흔적이 뚜렷한/ 작업화 한 켤레가 있다"(「버드나무 그늘에 앉아」)처럼 담담하게 표현하는 장면에서도 동일하게 목격된다. 임경묵의 시에서 삶의 비극적인 장면들은 짐짓 객관적인 것처럼, 때로는 유머러스한 방식으로 표현됨으로써 한층 슬프게 다가온다.

포구에 버려진 자전거가 밀물에 잠긴다
깨진 헤드라이트에는
고단함이 흐르고
앙상한 두 바퀴는
바다로 나아가려고 애쓴 흔적이 역력하다

노루 뿔 같은 핸들 한쪽을
펄 속에 처박은 채
포구로 들어오는 불온한 전파를 수신하는 것일까
꼬깃꼬깃한 물 주름이
일시에 펴진다

실오라기 하나 걸치지 않은 바람이
텅 빈 안장에
다리를 꼬고 앉아
휘파람을 불다가 갔을 것이다

부스스 깨어난 체인이
악착같이 달라붙는 파도를 세차게 뿌리친다
파도가 주저앉힐 때마다
움찔하며
페달에 힘을 준다

물살의 바퀴들이
포구에 빠진 일몰을 휘감고
자전거 둘레를 빙글빙글 맴돈다.

- 「버려진 자전거」 전문

「푸드 트럭」이 세상의 모든 것에 대한 연대의 마음이 '인간/타인'에게 적용된 사례라면, 「버려진 자전거」는 그것이 '사물'에 적용된 사례라고 말할 수 있다. 임경묵의 시에서 죽은 생명체('죽은 박쥐'), 주변적 삶을 살아가는 사람들, 그리고 '상품'으로서의 지위를 상실한 사물들은 하나의 계열을 형성한다. 그것들은 우리가 살고 있는 세계의 중심이 아니라는 점에서, 중심에서 이미-항상 밀려난 변방적 존재라는 점에서 공통된 운명을 지니고 있다. 포구에 버려진 자전거가 있다. 일몰에 가까운 시간, 자전거는 밀물에 휩쓸려 천천히 잠기고 있다. 시인은 그 무심한 포구의 장면에서 어떤 흔적을 읽어낸다. "깨진 헤드라이트"에도 불구하고 "바다로 나아가려고 애쓴 흔적", 주저앉으려는 파도의 힘에 굴복하지 않고 "움찔하며/ 페달에 힘을" 주는 자전거의 모습이 그것들이다. 여기에서 사물을 읽는 시인의 독법에는 분명한 지향점이 함축되어 있다. 타인이 놓인 상황을 의도된 객관적 시선으로 형상화한 「푸드 트럭」과 달리 이 시에는 폐물로 전락하여 방치된 자전거의 생명력을 강조하려는 문제의식이 투사되어 있다. 자본이 지배하는 세상에서 모든 사물은 상품, 즉 교환가치의 회로에서 자유롭지 않다. 이 기준에 따르면 '버려진 자전거'는 무가치한 것이다. 하지만 시인은 그 무가치한 것을 무가치한 상태로 두려고 하지 않는다. 그리하여 시인은 그 무가치한 것에서 모종의 의미를 끄집어내려 한다. 그것이 바로 밀려드는 바닷물에 맞서 바다로 나아가려고 한 자전거의 흔적이다. 이러한 독법 안에서 '자전거'는 버려진 폐물이 아니라 의지의 주체로 거듭나게 된다. 이러한 시인의 관점은 "재개발지구 기울어진 담벼락에 기대어 눈물 글썽이는 저 백만 개 목련 꽃눈 좀 봐요."(「저 백만 개 목련 꽃눈 좀 봐요」)라는 진술에서도 확인된다. 시인은 '폐허'에서 '생명'의 흔적을 발견한다. 이 발견이라는 사건 안에서 '폐허'는 '폐허'가 아니다.

　　　3

　'가족'은 임경묵의 시 세계의 중요한 부분이다. '가족'은 한 개인이 태어나 최초로 경험하는 사회의 축도(縮圖)이며, 도움과 보호가 절대적으로 필요한 인간의 취약함을 뒷받침하는 정신적·물질적 토대이기도 하다. 따라서 한 인간이 출생에서 현재에 이르는 시간의 상당 부분은 가족과 공유할 수밖에 없으며, 그런 점에서 '가족'은 개인의 실존을 구성하는 필수적인 부분이다. 일반적으로 우리는 두 개의 가족을 경험한다. 유년의 '나'를 중심으로 한 원초적 가족과 현재의 '나'가 포함된 현재적 가족이 그것이다. 이들 두 집단은 '가족'이라는 이름을 공유하고 있지만, 그 안에서 '나'의 실존은 전혀 다른 위치를 점한다.

임경묵의 시에서 '가족'은 어느 쪽에 가까울까? 잠시 몇몇 작품을 살펴보자. 「새들의 나라」의 화자는 "어머니가 해 주는 밥이 가장 맛있는 밥이었던/ 그 옛날 서식지가 발굴"(「새들의 나라」)되기를 희망한다. 「콩나물 의무 자조금」의 화자는 '콩나물 의무 자조금' 정책이 시행되는 현재적 시간에서 콩나물을 직접 재배해서 먹던 유년 시절의 시간을 떠올린다. 또한 「오늘의 반찬」에서 시인은 '어머니의 반찬'이 "우체국 택배로 고시원에 도착"하던 시절을 떠올리고, 「고등어구이」에서 화자는 "푸른 고등어가 새까맣게 타는 줄도 모르고/ 얼굴을 파묻고/ 울기만" 하던 유년의 어머니를 생각한다. "천지간을 건달바처럼 떠돌다가/ 어디 한뎃잠을 자다 죽었다는/ 서른여섯 막냇삼촌"(「해시(海市)」), "태아처럼 웅크리고 죽은 누이"(「우두커니」), "한밤중 섬돌에 앉아 오줌을 누다가 무슨 짐승의 눈빛을 보고 놀라 죽었다는 막내 고모"(「버드나무 정원」)처럼 직계혈족과 방계혈족이 등장하기도 하지만 임경묵의 시에서 '가족'은 유년의 '나'가 중심에 위치한 '엄마-나-아빠'의 가족 삼각형을 벗어나지 않는다. 이처럼 '가족'에 대한 시인의 관심은 현재보다는 과거에 집중되어 있다. 그리고 이 가족 삼각형 안에서 대개 '아빠'는 경제적으로 무능한 가장으로, '엄마'는 돌봄 노동의 주체로 그려진다.

어릴 땐 왜, 주머니 달린 옷만 보면 사 달라고 졸랐을까

주머니에 손 꽂고

가끔 한쪽 어깨를 으쓱해야

등굣길에 책가방이 흘러내리지 않았네

주머니에 빵빵하게 허공을 채우고

휘파람 불며

두어 정거장쯤 걸으면

슬픔도 분노도 외로움 따위도

제법 견딜 만했지

애인 손은 작은 새였네

새로 산 내 체크무늬 잠바 주머니에 작은 새를 불러와

애인과 나란히 걷고 싶었는데

새는 멀리 날아가고

나는 저만치 날아가는 새를 바라보며

주머니 주름만 만지작거렸네

물 밖에 나오면 몸이 버터처럼 녹아 버린다는

바이칼 호수의 어떤 물고기처럼

주머니에서 손을 빼자

열 손가락이 줄줄줄 흘러내렸네

한때 내 주머니의 주머니였던 아버지는 주머니가 참 가벼운 사람

생활비 좀 달라는 어머니에게

북두갈고리 같은 손으로

주머니 탈탈 털어

주머니의 뿌리를 보여 주었지

마지막 입은 수의엔

빈털터리 주머니마저 없어서

불린 생쌀 한 줌 입 속에 겨우 넣어 드렸네

굳게 다문

푸르스름한 입이

그의 마지막 주머니였으니…….

- 「주머니 사용법」 전문

임경묵의 시에서 '가족'은 과거, 즉 원초적 가족의 이야기가 주를 이룬다. 이는 시인의 실존적 시간이 유년-과거를 향하고 있다는 것을 의미한다. "한때 내 주머니의 주머니였던 아버지"라는 진술처럼 시인에게, 아니 우리 모두에게 부모의 존재는 그 무엇으로도 대체할 수 없는 든든한 보금자리였다. 어른이 된다는 것은 이 보금자리를 떠나 홀로 서는 일이고, 그리하여 자신이 누군가의 보금자리가 되는 일인지도 모른다. 「주머니 사용법」은 '주머니'라는 일상적인 사물에 중의적인 의미를 투사하여 우리의 일생에서 가족, 특히 부모와의 관계가 차지하는 위상을 보여 준다. 이 시에서는 '주머니'의 의미가 점차 확장되는 부분이 인상적이다. 유년의 어린 화자에게 '주머니'는 손을 꽂고 어깨를 추스르면 가방이 흘러내리지 않는 실용적인 기능과 "슬픔도 분노도 외로움"도 견디게 만드는 심리적인 기능 모두에서 중요한 장치였다. 하지만 청년기 혹은 어른이 된 화자에게 '주머니'는 '애인의 손'이 깃들기를 바라는 사랑의 장소였다. 하지만 끝내 '새=애인의 손'은 멀리 날아가 버렸다. 그리고 지금, 아버지의 죽음 앞에서 시인은 다시 '주머니'의 의미를 되새긴다. 이 지점에서 '주머니'의 의미는 증폭된다. 가령 "내 주머니의 주머니였던 아버지"에서 '주머니'는 도움과 보호가 필요한 소년에게 제공되는 심리적인 안정감을 의미하지만, "아버지는 주머니가 참 가벼운 사람"에서 '주머니'는 경제적 능력을 나타내는 관용적 표현에 가깝다. 그리고 "마지막 입은 수의엔/ 빈털터리 주머니마저 없어서"에서 '주머니'는 옷의 일부를 가리키고, "푸르스름한 입이/ 그의 마지막 주머니였으니……"에서 '입=주머니'는 상례(喪禮)의 절차로서 반함(飯含)을 뜻한다.

딱 사흘만 쉬고 싶었는데
딱 사흘만 놀고 싶었는데

그날 오후처럼
물살의 소용돌이는 아무 일 없다는 듯 제자리를 맴돌아요

내릴 곳을 찾지 못해

차가운 맹골수도 위를 떠도는

바람, 바람, 바람······

낮에 듣는 천 일의 밤

밤에 듣는 천 일의 낮

우리의 꽃다운 말은

태어나자마자 버려진 파도 속에

아직 갇혀 있어요

누룩빛 얼굴,

혀뿌리까지 말라붙은 목소리로

우리를 찾고 있는 제246의 엄마, 제247의 엄마, 제248의 엄마,

제249의 엄마, 엄마, 엄마, 엄마······.

－「천 일의 밤」 전문

임경묵의 시가 '일상'을 벗어나는 순간은 동시대의 중요한 사회적·정치적 사건을 시화(詩化)하는 때이다. 재난은 그것을 직접 경험한 피해자는 물론이고 그 분위기를 공유하고 살아가는 동시대인들에게도 예외적인 시간이다. 다만 현대사회의 비극은 이러한 예외적 시간이 일상적 시간과 혼재됨으

로써 일상과 예외의 경계가 흐려졌다는 것이다. 비일상적인 것과 일상적인 것이 구별되지 않는 상태, 그것은 현대사회의 특징이다. 임경묵의 이번 시집에 수록된 작품들 가운데 동물/조류의 영토성(territoriality)에 착안하여 비둘기와 갈매기의 영토적 경계 지점에 위치한 우체국을 "비둘기와 갈매기의 공동경비구역"(「새들의 경계」)이라고 표현한 것이나, 해체되는 가족의 현실을 유머러스한 방식으로 표현한 「평화통일기반 구축법」 같은 작품은 '분단'이라는 무거운 문제를 유머러스한 방식으로 전유하고 있다는 점에서 흥미롭다. 오늘날 '분단'과 '통일'은 대중의 주요한 관심사는 아니지만, 국토가 분단되어 있고 휴전 상태가 지속되고 있는 현실에서 우리에게 '경계'라는 단어는 선뜻 넘어설 수 없는 금기로 감각된다. 과거와 달리 분단 이데올로기의 영향력은 현저히 낮아졌으나 그것이 여전히 우리의 일상에 깊은 영향을 끼치고 있는 것은 부정할 수 없는 사실이다. 임경묵의 시는 분단이나 통일처럼 무거운 주제를 특유의 유머러스한 방식으로 다룸으로써 그것에 대한 우리의 일상적 감각을 뒤흔들어 놓는다.

하지만 모든 문제가 이처럼 가볍고 유머러스한 방식으로 발화될 수 있는 것은 아니다. 어떤 사건들은 언어로 표현하기조차 어려워 슬픔, 놀람, 분노 같은 감정으로만 접근할 수밖에 없기도 하다. 위의 시에서 언급되고 있는 '세월호 사건'이 대표적이다. 오랜 시간이 흘렀음에도 불구하고 저 죽음은 매년 봄과 함께 우리에게 되돌아온다. 저 죽음은 여전히 진행형이다. "그날 오후처럼"이라는 표현처럼 '우리', 즉 아이들의 시간은 "내릴 곳을 찾지 못해/ 차가운 맹골수도 위"를 맴도는 바람처럼 부유하고 있다. 이들의 시간은 '아직'이라는 부사가 의미하듯이 그날 그 시간에 멈춰 있으며, 그로 인하여 아이들을 찾고 있는 수많은 엄마들의 시간 또한 얼어붙은 상태이다. 무심히 흘러가는 세상의 시간과 그날 그 시간에 멈추어 흐르지 않는 실존적 시간의 어긋남, 시인은 그 시간에 개입하기보다는 '우리'의 목소리에 자신을 내어줌으로써 세상의 아픔을 기억하는 시인의 역할을 수행하고자 한다. 임경묵의 이번 시집은 이처럼 '나'를 둘러싸고 있는 '가족'과 '일상'에서 시작하여 세상의 주변과 경계에 놓인 타인의 삶과 주목받지 못하는 사물에게로 시선을 확장하고 있다. 주변적인 삶, 배제된 존재들에게서 시선을 거두지 않는 일, 이것이야말로 우리가 시를 쓰고 읽는 근본적인 이유가 아닐까.